ओ मेरे पिता

कारुलाल जमड़ा

सन्मति पब्लिशर्स एण्ड डिस्ट्रीब्यूटर्स

ISBN: 978-93-88365-39-0

प्रकाशक
सन्मति पब्लिशर्स एण्ड डिस्ट्रीब्यूटर्स
बी–347, संजय विहार,
मेरठ रोड, हापुड़–245101 (उ0प्र0)
website : www.sanmatiindia.com
email: sanmati555@gmail.com
मो. 8439645104, 09997184964

प्रथम संस्करण : जुलाई 2019

आवरण
RETROTEK

आत्मकथ्य

काव्य संग्रह का मेरा यह तीसरा पुष्पगुच्छ है। प्रथम संग्रह "वह बजाती ढोल और अन्य कवितायें" को भोपाल का प्रतिष्ठित "अखिल भारतीय अंबिकाप्रसाद दिव्य राष्ट्रीय प्रतिष्ठा प्रशस्ति पुरस्कार (वांग्मय, अलीगढ़-2015)" प्राप्त होना हौसलें को बढ़ाने वाला रहा। "माँ" का अब तक का जीवनवृत्त अभी पूरा नहीं हुआ था, (वह कभी पूरा भी नहीं होता) अतएव उनकी संघर्ष यात्रा को काव्य के माध्यम से शिखर तक ले जाना अवश्यम्भावी था और ह्रदय से संस्फुटित हो रहे भावप्रवाह को शब्द देना भी स्वाभाविक। द्वितीय काव्य संग्रह "सफ़र संघर्षों का" (वह बजाती ढोल भाग-2, बोधि प्रकाशन, जयपुर-2017) का प्रकाशन इन्हीं गहन आकांक्षाओं की सुखद परिणीति थी।

बचपन से ही एक स्वप्न देखा था कि कभी "माँ" के संघर्ष को शब्द दूँ और उसकी भूमिका संघर्षों की पगडंडी से होकर साहित्य का आकाश छूने वाले दादा बालकवि बैरागी की कलम से लिखी जाये और यह स्वप्न भी पूरा हुआ। संग्रह के प्रकाशित होने पर जब उसकी प्रथम प्रति लेकर दादा के पास पहुँचा तो उनके शब्द थे- 'कारु, तेरी क़िताब ने रुला दिया यार। मेरे सामने अपना बचपन आता गया।' आदरणीय दादा के ये शब्द मेरे लिए किसी बड़े पुरस्कार या सम्मान से भी बढ़कर थे। सचमुच संग्रह की भूमिका उन्होंने अश्रुवर्ण में भीगकर लिखी थी और उसे पढ़कर कई पाठकों की आँखों की कोरें भी भीग गई थी। आदरणीय बैरागी साहब इस संग्रह को अमर कर गये।

दादा का आशीर्वाद फलीभूत हुआ। संग्रह को लेकर जब प्रसिद्ध कवि, चिंतक अज़हर हाशमी जी का आशीष लेने पहुँचा तो उन्होंनें शीर्षक कविता पढ़ते ही कहा- 'इसको अतिशीघ्र कोई लोकप्रिय सम्मान मिलने वाला है।' वे एक प्रकाण्ड ज्योतिषी भी हैं। बैरागी दादा का आशीर्वाद और हाशमी साहब की भविष्यदृष्टि रंग लायी। संग्रह को लगभग सौ क़िताबों में से चयनित कर उज्जयिनी का प्रतिष्ठित "अखिल भारतीय शब्द प्रवाह कविता साहित्य सम्मान-2018" प्रदान किया गया। मेरी शब्द साधना-आराधना सफल हुई।

"माँ" के जीवन संघर्ष के साथी पिता भी रहे। माँ हो या पिता, उनके संघर्षों को शब्दों में बाँधना संभव नहीं। पिता के व्यक्तित्व के सभी पहलुओं पर रोशनी डाल पाने की सामर्थ्य किसी क़लम में नहीं परन्तु प्रारंभिक पाँच कविताओं में मैंने पिता के संपूर्ण जीवनवृत्त में झाँकने का भाव भरा, आत्मीय दुस्साहस किया है। काव्य संग्रह में नर्मदा मैया के प्रति मनोभाव भी मुखर होकर उभरे हैं।

मेरे लिए कविता मात्र संवेदन मन का प्रवाह ही नहीं अपितु प्रार्थना की ही भाँति ह्दय में चलने वाले अनुसंधानों का नाम भी है। इसलिए वह काव्यशास्त्र के नियमों एवं बंधनों का पालन नहीं कर पाती है। इसे आप "कविता" कहें या "बतकही" पर वह भावपुष्पों से लबालब हैं और इस भावना को द्वितीय काव्य संग्रह में ही संस्कृत, संस्कृति और साहित्य मनीषी, विद्वान शिक्षाविद् डॉ मुरलीधर चाँदनीवाला ने आवरण पृष्ठ पर दी अपनी टीका में प्रतिष्ठापित कर दिया था। पिता को समर्पित मेरे इस तृतीय काव्य संग्रह "ओ, मेरे पिता" की भूमिका लिखकर मेरे पितृतुल्य डॉ मुरलीधर चाँदनीवाला ने इस संग्रह को भी शिखर प्रदान कर दिया है। उनकी सहजता, सरलता और आत्मीयता वरेण्य है।

यह मेरे जैसे कई सर्जकों का सौभाग्य है कि हम उनके युग में उनके सान्निध्य में साहित्य सृजन का ककहरा सीख रहे हैं। पिछले दोनों काव्य संग्रहों के पन्नों पर मुझे उनके साथ ही विक्रम विश्वविद्यालय के हिन्दी विभाग के कुलानूशासक, हिन्दीभाषाविद् डॉ शैलेन्द्रकुमार शर्मा और आत्मीय अग्रज प्रतीक सोनवलकर जी (कवि, साहित्यकार और संयुक्त आयुक्त) का भी आशीर्वाद और विमोचन के समय स्नेह-सानिध्य भी प्राप्त हुआ, जिसकी कृतज्ञता व्यक्त करना मेरी शब्दसीमा में ही नहीं है। आप तीनों मेरे लिए अनमोल, अद्वितीय और अनुकरणीय हैं।

प्रथम और द्वितीय काव्य संग्रहों को अपनी अनमोल और अविस्मरणीय (प्रकाशित) समीक्षाओं से देश के विभिन्न कोनों के पाठकों तक पहुँचाने और संग्रह को लोकप्रिय बनाने में प्रिय मित्र व्यंग्यकार-समीक्षक श्री संजय जोशी (रतलाम), श्री देवेन्द्रसिंह सिसोदिया (इन्दौर), सुश्री प्रणु शुक्ला (जयपुर) को मैं जितना साधुवाद दूँ, उतना कम है। ये सभी मित्र संग्रह को मिले सम्मान के सच्चे हक़दार हैं। मेरे संग्रहों पर (सोशल मीडिया) अपनी भावविव्हल करने वाली समीक्षाओं से पाठकों को बाँधने

वाले साहित्यमनीषी श्री कुँअर उदयसिंह “अनुज” महेश्वर, वरिष्ठ गीतकार, कवि शिशिर उपाध्याय जी, बड़वाह, लेखक व कवि मित्र डॉ मोहसीन खान, मुंबई, साहित्य प्रेमी तरुण शुक्ला अहमदाबाद, फिल्मी गीतकार यशपाल तँवर, कवि मित्र मुबारिकशाह का भी उनके स्नेहभाव हेतु हृदय से कृतज्ञ हूँ।

इस संग्रह में भी परिवार, रिश्तें-नातों, जीवन के तानों-बानों और स्वयं के अंतर्द्वंद्वों को उद्घाटित करती रचनायें सम्मिलित हैं। अपने परिवार के सभी सदस्यों, मित्रों, स्नेहीजनों के प्रति हार्दिक कृतज्ञता प्रकट करते हुए यह संग्रह आप सभी को समर्पित है। आशा है, आपकी शुभकामनाएं, स्नेहाशीष और पाठकीय संबल मिलता रहेगा।

- **कारुलाल जमड़ा**

सुखेड़ा-जावरा

20 जून 2019

घर में उगाई हुई कविताएँ

तेजी से उभरते कवियों में कारुलाल जमड़ा की विशिष्ट पहचान यह है कि उनकी कविताएँ घर में उगाई गई हैं और उन्हें सींचने वाले असंख्य मित्रों को मैंने हमेंशा ही कविताओं के आस पास घेरा बना कर खड़ा हुआ देखा है। इस हिसाब से ये सबकी सब कविताएँ कवि जमड़ा जी की ही नहीं हैं , ये कविताएँ मित्रों के साथ -साथ माँ, बहन, पिता, बेटियों, गली-मोहल्ले के लोगों और निकट के रिश्तेदारों की बपौती या उससे भी कुछ ज्यादा लगती हैं। मैं कविता को अमूर्त नहीं मानता। कवि उसे अपनी आँखों से देखता है और आप यदि कवि के साथ खड़े हैं तो आप भी उसे खुली आँखों से देख सकते हैं। कवि जमड़ा जी के साथ खास यह है कि वे कविता को देखते समय अपनी माँ और पिता को बराबरी से शामिल करते हैं। कवि का घर ही जब कविता का प्रसूतिगृह भी हो, तब सहज ही कविता की किलकारियों से गूँजता हुआ घर का आकाश प्रेम के सुवर्ण-रेशों से जगमगाता हुआ हमारा ध्यान आकर्षित करने लगता है।

माँ हमेशा ही भारतीय कविता के केन्द्र में है। यह मानते हुए भी कि माँ पर रची हुई कोई भी कविता पूर्ण हो ही नहीं सकती, सभी छोटे-बड़े कवियों ने माँ के अंतरंग में प्रवेश करने का दुःसाहस किया है। कारुलाल जमड़ा ने यह दुःसाहस ढोल-ढमाके के साथ किया था, जब उनका कविता संग्रह "वह बजाती ढोल" आया और पाठकों ने ढूँढ -ढूँढ कर इस संग्रह की कविताओं का रसास्वादन किया। इसका दूसरा भाग भी लोकप्रिय हुआ। माँ को जितना जानते हैं हम, उतना बता ही नहीं सकते, किन्तु पिता? पिता को समझ पाना, और पिता के अर्थ को कविता में ले आना कभी किसी से सधा नहीं। परिणाम यह है कि हमारे कविता-संसार से पिता लगभग ओझल है। पिता उस कठोर नारियल की तरह ही है, जो भीतर से चाहे जितना कोमल और मधुर हो, किन्तु वह कठोरता में ही व्यक्त है और वही ठीक है। उसके हृदय में झाँकने के लिये नारियल को फोड़कर देखने का साहस किसमें जाग सकता है, सिवाय कारुलाल जमड़ा जैसे कवि को छोड़ कर, जो कभी एक पल के लिये भी अपने को पिता की दृष्टि से दूर नहीं होने देते।

"ओ मेरे पिता" यह इस कविता संग्रह का नाम है और पिता इसमें सर्वत्र व्याप्त है। दुनिया भर की करुणा, दुनिया भर की संवेदना, प्रेम, त्याग, समर्पण, जद्दो-जहद और इन सबसे लबालब भरा हुआ जीवन कवि को पिता की आँखों में साफ-

साफ दिखाई देता है। कवि के लिये पिता ही सब कुछ है। उसकी कमजोरियों में भी विलक्षण सौन्दर्य हैं। उसके झुर्रियों से भर चेहरे में, भीतर तक धँसी आँखों में, उसकी बुझती हुई आवाज में, उसकी लड़खड़ाती हुई गति में, उसकी बेचैन करवटों में, उसके मुस्कुराने की कोशिशों में कवि ने पूरा संसार देख लिया है। इसीलिये इस संग्रह की कविताएँ जीवन के रसायनों में पगी हुई हैं।

हमारा सदियों पुराना काव्यशास्त्र अपना अर्थ खो चुका है। अब काव्यदोष नहीं देखे जाते, अलंकारों की अस्मिता बची नहीं। छंद है, किन्तु वह अक्षरों की या मात्राओं की गणना पर निर्भर नहीं है, वह कविता की उस भावात्मक लय के अनुसार ढलता है, जिसमें से अकुलाती हुई, तैरती हुई संवेदनाएँ सीधे मर्म में प्रवेश करती है। कारुलाल जमड़ा के शब्दों के बाँध बड़े सुरम्य होते हैं। जी करता है कि उस बाँध पर घड़ी भर बैठा जाए। वहाँ मुम्बई से आया हुआ दोस्त मिलता है, घुंघरा बजाने वाला मिलता है, पीहर से लौटती हुई बेटियाँ मिलती हैं, विघ्नसंतोषी मिलते हैं और वह सब मिलता है जो जन-मानस में उथल-पुथल मचाता हुआ यहीं बस जाता है।

कवि जानता है कि वह पितृऋण तो कभी भी नहीं चुका पायेगा। वह इसके लिये उद्योग करता है, किन्तु पिता के आगे कौन नहीं हार कर बैठ जाता। कविता की इन पंक्तियों को देखिए-

"इस समय
सिर्फ और सिर्फ एक ही विलाप
और यही पश्चाताप
कि मेरा सम्पूर्ण सामर्थ्य
क्यों नहीं दे पा रहा तुम्हें,
वे सुविधाएँ, वे खुशियाँ, सब कुछ
जिसके हकदार हो तुम।"

इतना रुआँसा क्यों है कवि,अपनी छोटी-छोटी अक्षमताओं को महसूस करते हुए क्यों रो पड़ता है कवि? क्यों अपनी छोटी बहन को ससुराल से लाने के लिये मचल उठता है,और बहन के यह कहने पर कि "क्या पता भैया। पूछूंगी। भेजते हैं कि नहीं। अभी तो शायद ही भेजेंगे।" और कवि के भीतर से मार्मिक कविता फूट कर बह निकलती है। कवि उत्सवों में, जलसों में , शमशान में जाता है, और असंख्य

प्रश्नों से सामना होता है, तो सिर्फ इसलिये कि कवि के हृदय में जो बुलबुले उठते हैं, वे बड़े डरावने होते हैं। अब किसी के विवाह में कुँवासियाँ दिखाई नहीं देतीं, तो यह चिन्ता किसे होना चाहिए? बेशक अब यह चिन्ता कवि की चिन्ता हो गई है।

"ये आजकल नजर नहीं आती
विवाह समारोह में,
आती हैं तो शादी के एन वक्त पर
या स्नेहभोज के दिन मंच पर।"

अब कवि को कौन समझाए कि समाज का सांस्कृतिक चेहरा कुरुप हो चुका है, और उसका उपचार किसी के पास नहीं। कवि जानता है कि ईर्ष्याएँ हैं, वैमनस्य है, प्रतिकार के मंसूबे हैं, घृणा के न जाने कितने रंग है, फिर भी कवि के मन में सुंदर भविष्य की नर्मदा निरंतर प्रवाहित है, और यह विश्वास भी शिलालेख की तरह है कि कभी न कभी लौट आयेगा मधुवन, लौट आयेगा जीवन का मधुर संगीत।

कवि कारुलाल जमड़ा जीवन की सच्चाई के समर्थ कवि हैं। उनकी कविताओं में चिन्ताएँ तो पीछा नहीं छोड़ती, लेकिन आशा की किरणें झिलमिलाती हुई दिखाई देती रहती हैं। कारुलाल जमड़ा सम्भावना के कवि हैं, भविष्य के कवि है, उन सुंदर सपनों के चितेरे कवि हैं जो कवि की चितवन से माँ देखती है, पिता देखते हैं, बहिनें देखती हैं, स्कूल के बच्चे देखते है और वे सब लोग देखते हैं जो असुविधाओं में भी जीने का हौंसला रखते हैं पूरी उमंग और पूरे उत्साह के साथ। मुझे विश्वास है, जमड़ा जी की कविताएँ उन सबके द्वारा चाव से स्वीकार की जाएंगी, जो अपने माता-पिता से प्यार करते हैं, और जिनके हृदय में संवेदना के फूलों की बहार आई हुई है।

-डॉ. मुरलीधर चाँदनीवाला

अनुक्रमणिका

मोहनदादा : पिता-1
मेरा जीवन संगीत

ढोलक या तबले पर
जब पड़ती थी उनकी ऊंगलियाँ
तो कोस भर दूर से भी पहचान लेते थे भगत लोग,
ये "मोहन दादा" है।

फिर घर हो या खेत
बाहर निकल आया करते थे
रात्रि जागरण वाले रामा दा, पन्ना दा, भेरु दा मिस्त्री
और बड़ी देर तक सुर मिलाने वाले राधेश्याम काका।

जब तक पहुँचते नहीं थे
चतुर्वेदी साब, बाल मारसाब और सत्तु दा,
सुंदरकाण्ड की लय नहीं बढ़ी कभी
वो भी तो "मोहन दादा" के धीरज की परीक्षा लेती थी।

आरंभिक छंद का ठेका
बीच के दोहों और चौपाईयों की चलत
फिर "इति" का संकेत करते छंद पर ठेका
और कहरवे के साथ द्रुतविलंबित ताल से सजी
"राम आरती"।

रात भर भजन करती मण्डली
सुबह होतेहोते जब यह प्रभाती गाने लगती

कि "जागो बंशीवाले मोरे ललना जागो मोहन प्यारे"
तो पिता के प्रति मन में उमड़ता था अथाह प्रेम।

आज जब कभी
पिता होते हैं नाराज़, दिखाते हैं गुस्सा,
तो पूरे अधिकार से याद करते हैं अपने वाद्ययंत्र
बूढ़ी ऊंगलियों में पैदा होने लगती है चमत्कारी शक्ति।

और फिर हम बंध जाते हैं,
उनकी ऊंगलियों के जादू में
ख़ुद को खोने लगते हैं
भजनों में या
दोहो और चौपाईयों में।

जब तक है पिता
जीवन में बजते रहते हैं आनंद के गीत
और बना रहता है संतुलन सुर, लय, ताल, ठेके में
जो होता है जीवन का सच्चा संगीत।

हे प्रभु!
पिता सदैव साथ रहे
सब पर पिता का साया रहे।

माय पापा "द पर्सन इन यूथ" : पिता-2

बाल घुंघराले, गोल, बड़े झब्बे थे
जवानी में मेरे पापा के ठप्पे थे।

अपने से बहुत छोटे को भी "भईसाहब" कह मान देते थे
ग़र अखरी, तो कोई कितना भी हो बड़ा, मुट्ठी तान देते थे
शान से काम करते, विनम्रता से हाथ जोड़ लेते थे
किसी से ठन गई, तो देखते ही रास्ता मोड़ लेते थे।

वालीवाल में उनके देखने लायक "वालि" और "टप्पे" थे
जवानी में मेरे पापा के ठप्पे थे।

ढोलक में जब किमचीवाला हाथ कसकर पड़ता था
"सुन्दरकाण्ड" हो या "जागरण", रंग तभी चढ़ता था
हारमोनियम वादक भी लय देखकर ही आगे बढ़ता था
रात भर का यह थकाऊ वादन, मुझे बहुत अखरता था।

उन दिनों वो मेरे लिए "पापा" नहीं, "पप्पे" थे
जवानी में मेरे पापा के ठप्पे थे।

आज उनसे बराबरी कभी भाती नहीं
उनके समय की याद कभी जाती नहीं
अपने "माँ-बाप" से हम हर मामले में कच्चे हैं
यह खुशकिस्मती है कि हम उनके बच्चे हैं।

बचपन की छवि तो ये कहती, बिल्कुल गोल गप्पे थे
जवानी में मेरे पापा के ठप्पे थे।

ओ मेरे पिता : पिता-3

नहीं
मैं नहीं देख सकता तुम्हें
काँपते पैरों से आगे बढ़ते हुए
हर क़दम पर तुम्हारा यूँ लड़खड़ाना
और दीवार पकड़ कर चलना।

तुम्हारा हर पाँचवे पल "हे राम", "हे महावीर" का जप
मुझे लाते जा रहा है "संकट मोचन" के और भी करीब
तुम्हारे भीतर बचपन से देखता रहा हूँ एक योद्धा
मेरे "महावीर" तो तुम ही रहे।

नेट पर कलात्मकता से गेंद को उठाकर
फिर उस पर "वालि" याने वीरतापूर्वक महाप्रहार
विनम्रता से लबरेज अदम्य साहस और स्वाभिमान
आज तुम्हें लड़खड़ाते देख क्या बीत रही होगी मुझपे?

माना, तुम्हारी जिद और बात न सुनने की आदत पर
कभी-कभी झल्ला जाता हूँ मैं।
बस मुझे चाहिए तुम्हारा थोड़ा सा मनोबल, थोड़ी आशा
क्योंकि मैं नहीं देख सकता तुम्हें इस तरह कमजोर होते।

तुम्हें नहीं पता, आँसू छिपाते हुए
भीतर से केवल पिता ही नहीं रोते,
"बेटे भी रोते हैं",
पर मैं नहीं सिसकूंगा तुम्हारे सामने।

हे पिता। बस अपनी भक्ति, अपने इष्ट पर
इस तरह विश्वास कर लो
अपने भीतर थोड़ी इच्छाशक्ति,
थोड़ी सी सकारात्मकता भर लो।
जिसे "संकटमोचन महावीर" सुरक्षित रखेगा
मुझे विश्वास है, वह निर्भय ही होगा,
उसे कोई नहीं चखेगा।

बजरंग पिता : पिता-4

(अस्वस्थ चल रहे पिता को एक काव्यपत्र)

पिता।
जीवन में देखा तुम्हें
घबराते हुए कई बार
डरते हुए बारबार
और जपते हुए
बजरंग अन्नदाता
महावीर अन्नदाता।

लेकिन नहीं देखा कभी
इतना उत्साहहीन,
डरा हुआ
जिंदगी की गुहार करते
मेरे जन्मदाता।

बचपन में तुम्हारी उंगली पकड़
दौड़ता था बजरंग मंदिर की ओर
तब यह जप हुआ करता था
जोश से लबरेज
और दो मील का रास्ता
कट जाया करता था दस मिनट में।

इसका प्रभाव
तब भी देखा था मैंने,
जब वालिवाल में नेट पर रहते

विपक्षी दल के शाट को रोकना
तुम्हारे दायें हाथ का कमाल था,
और मैं थाम लेता था तुम्हारी उंगली
चिर विजयी मुद्रा में।

"बजरंग अन्नदाता की जय"
सधे हुए हाथों से
जब पड़ती थी ढोलक पर थाप
तब "बजरंग अन्नदाता" के स्वर में
दिखते थे साक्षात हनुमान
"सुंदरकाण्ड" की पूर्णाहुति पर
तुम्हारी पीठ थपथपाते हुए।

और
तुम्हारे बजरंग, महावीर अन्नदाता
तब भी करते थे उद्धार
जब कभी तुम्हारे अपने झुलते थे
जीवन और मृत्यु के बीच,

हर बार
तुम्हारे जाप में
मुझे महसूस होता था जोश, अटूट विश्वास,
ईष्ट के प्रति पूर्ण समर्पण,
फिर आज क्या हुआ मेरे पिता?

आज तुम्हारे जाप में
ईष्ट के प्रति समर्पण में

वह दृढ़ विश्वास क्यों नहीं दीखता
जो देखता आया हूँ वर्षों से
“बजरंग अन्नदाता” को
याद करते करते?
आज तो तुम्हारे पास
सबसे बड़ी शक्ति है मेरे पिता !

‘सुंदरकाण्ड’ के साठ दोहों,
चौपाईयों को श्वास देती ताल,
चलत, ठेका की लय में सराबोर तुम्हारी उंगलियाँ
और “बजरंग अन्नदाता” का उच्चारण
सब कुछ तो है तुम्हारे पास?

आत्मशक्ति को जगाओ,
‘ओ मेरे पिता’ !
मांग लो बजरंग से
अपनी ताउम्र भक्ति का हिसाब किताब
तुम्हारी बीमारी इतनी बड़ी नहीं,
बस इतना मांग लो
कि तुम्हारा आत्मविश्वास लौट आये।

मैं जानता हूँ
“बजरंग” तुम्हें निराश नहीं करेंगे,
जिनकी अथक भक्ति में
तुमने ढोलक के साथ
अपनी रातें तापी हैं

उन्होंने भी तुम्हारी भक्ति की
गहराई मापी है।

सब ठीक होगा
क्योंकि तुम्हारे साथ हर कदम है
बजरंग अन्नदाता
महावीर अन्नदाता।।

पिता की रीढ़ : पिता-5

वे कहते हैं
बुढ़ापे में अपनी जगह से खिसक जाते हैं
रीढ़ की हड्डी के मणके।

ये मणके ऐसे ही नहीं खिसकते
ये किसी कसरत या अखाड़े से नहीं खिसकते
ये खिसकते है हाड़-तोड़ मेहनत से।

ये अभी-अभी नहीं खिसके, हमने अब देखें हैं
कुछ लोग अंत तक नहीं देख पाते हैं
पिता की फटी एड़ियाँ और खिसके हुए मणके।

आज जब देख रहा हूँ मेडिकल रिपोर्ट
और डाक्टर से समझ रहा हूँ टी वन, टी सेवन
तो आँखों में घूम जाते हैं पिता के सिर पड़े पोटले।

कभी मक्का, कभी गेहूँ, कभी चने, बरस-दर-बरस
खलिहान से जब आते थे घर
या जब ढोल/ढोलक नापती थी
कमजोर कंधों पर मीलों लंबे रास्ते
मणके तो, तभी खिसक गये होंगे।

जब आता था कठोर मेहनत का आटा घर में
भरता था पेट, हम बच्चों का
मणके तो तभी खिसक गये होंगे।

हमें आज पता चला है
और हर संतान को बाद में ही चलता है
कि पालते-पालते कब टूट गई पिता की रीढ़।

दूधवाले भैया

आज जैसे ही दूधवाले भैया की गाड़ी आई,
और भर्राते गले से उन्होंने आवाज़ लगाई।
आवाज़ में दर्द महसूसकर मैं तनिक ठिठका,
अपने भीतर के तनाव को एक तरफ छिटका।

पूछा मैंने जैसे ही, "भैया। क्या बात है?
घर में सब कुशल तो है, क्या हालात है?"
मेरा प्रश्न सुन उनकी आँखे पथराई,
हिम्मत कर मन की बात होंठों तक आई।

बोले, "क्या बताऊं सर। बच्चों की फीस भरनी है,
उन्हें बीए कराने की लालसा पूरी करनी है।
लोग कभी भी समय पर दूध के पैसे नहीं देते हैं,
बातों बातों में किलो पर सौ ग्राम ज्यादा गटक लेते हैं।"

मैंने उसे तत्काल घर के भीतर आमंत्रित किया,
रोज दूध पिलाने वाले को चाय का प्रस्ताव दिया।
चाय पीते पीते परिवार और बच्चों के बारे में जाना,
तीनों बेटियों को पढ़ा रहा, उसकी मेहनत का लोहा माना।

सुबह शाम नियम से दूध लेकर जावरा आता है,
दोपहर खेतों में मजदूरी कर अपना बदन तपाता है।
मैंने कहा, "भैया। मान गये आपकी सोच को, आप धन्य है,
बेटियों की प्रगति के प्रति आपसे मिली प्रेरणा अनन्य है।"

बोले “दूधवाले भैया”, सर।
आज तक किसी ने चाय का नहीं बोला,
मुझे पास बैठाकर मेरी मजबूरी नहीं सुनी,
मेरा मन नहीं टटोला।

यह कहते हुए उन भैया की आँखें भर आई
संवेदनाएँ मेरी आँखों में भी तत्क्षण छलक आई।
दूध का हिसाब कुछ एडवांस के साथ उनकी जेब में रखा
प्रेम, प्रण, प्रयत्न, प्रेरणा, प्रतिक्षाका पंचामृत आज ही चखा।

मैं कहाँ और कौन?

बात यह नहीं है "बन्धु।"
कि मुझे ताबीज़ गण्डों में विश्वास है कि नहीं
बात यह भी नहीं कि मैं अंधविश्वासी हूँ या नहीं,
और मेरे शिक्षित होने का कोई अर्थ
निकलता है भी।

बात सिर्फ इतनी सी है
कि मेरे जन्म से लेकर आज तक
कहाँ-कहाँ माथा टेका होगा "माँ" ने?
कितने भगवान पूजे होंगे?
कितनी मन्नतें ली होगी?

उन्होंने तो उपवासों का कोई हिसाब नहीं रखा,
आज तक कोई मलाल नहीं
कि दरगाह पर ताबीज़ बांधा
या लच्छे चढ़ाएं देवताओं के।

मैं भले ही विश्वास न करूं,
हो जाऊं आधुनिक
और कर दूँ उनकी आस्था का प्रखर विरोध
पर कैसे भूलूं, कि ये सब मेरे भले के लिए ही था?

हर परिश्रम, हर प्रयत्न
हर प्रार्थना, हर प्रकल्प
मेरे लिए ही तो था,

इन सबके आगे क्या मोल “स्व” का, “अहम्” का।
इसलिए तार्किक होते हुए भी
मान लेता हूँ हर बात
और सह लेता हूँ यंत्र, मंत्र, तंत्र भी
क्योंकि उनके नि:स्वार्थ प्रेम के आगे,
सब कुछ तुच्छ है।

हारमोनियम के बहाने

हारमोनियम
केवल एक बाजा नहीं
वह मूल है संगीत की सरगम का।

इसे सुधारने वाला
सिर्फ सुधारक नहीं
वह साधक भी है
और वादक भी।

चाबियों को निकाल निकालकर
कभी वह रीड को देखता है
तो कभी
हिलाता है धम्मण।

उसका मानना है
कि समय के साथ धीमी पड़ जाती है धम्मण
साँसें उखड़ने लगती है
और सुर हो जाते हैं अधमरे।

ज़िंदगी में भी उखड़े सुरों पर देना पड़ता है ध्यान
रिश्तों की रीढ़ और आनंद की चाबियों को
निकालना पड़ता है
सुधारने के लिए।

हारमोनियम सुधारक ने
साध लिया है सुरों को
संगीत के बहाने
जान लिया है जीवन का संगीत।

इसीलिए जब वह सरगम को परखता है
जीवन स्वयं भी जी उठता है।

चरण स्पर्श

“चरणस्पर्श” या “धोक लगना”
कुछ लोगों को भार लगता है
कुछ को महज दिखावा
तो कुछ को “आभार” लगता है।

कुछ लोगों को लगता है कि वे क्यों झुके?
तो कुछ सोचते हैं कि वे झुककर क्यों दबे, क्यों रुके?
कुछ इसे छोटे बड़े की परंपरा कहते हैं
और फर्ज़ या हक़ कहकर, इसी धारा में बहते हैं।

कहीं पर बहुएं छोटे से लगाकर बडो तक को झुकती है
या बकायदा बारबार झुकाई जाती है
कहीं पर उनकी मर्जी है, वे सास-ससुर तो क्या
किसी से नहीं दबती, ना दबाई जा सकती है।

“चरण स्पर्श” का रिवाज विनम्रता सिखाता है
बड़े से बड़े अहँकार को खुद तोड़ना सिखाता है
“चरणस्पर्श” से कोई छोटा या बड़ा नहीं रह जाता है
बस लिहाज़ का आँचल थोड़ा घट या बड़ जाता है।

इसलिए झुको कि झुकना जिंदा होने की निशानी है
ठूँठ बनकर रहना तो मुर्दा होने की कहानी है।।

बड़े लोग

बड़े लोग हर किसी के घर नहीं जाते
वे लोगों को बुलाते हैं
देर तक बतियाते हैं
काम निकालते हैं, पर घर नहीं जाते।

ऐसा भी नहीं कि वे उनकी पृष्ठभूमि नहीं जानते
वे किसी के "दोस्त" रहे होते हैं, तो किसी के "भाई जैसे"
खूब खेले होते हैं, हँसे होते हैं, फँसे होते हैं
मुसीबत में निकाले भी जाते हैं, पर घर नहीं जाते

साल दर साल बुलाने पर कहते हैं "आऊंगा किसी दिन"।
वे "प्रेम के बुलावे" को समझते हैं गरज या कथनमात्र
पता नहीं उनके क़दम क्यों नहीं उठते उन घरों की ओर,
जहाँ से पूरे होते हैं उनके छोटे मोटे काम, कहने भर से।

वे शरमाते हैं, सकुचाते हैं, मन के भेद को नहीं जताते
ऊँच-नीच रोकती है क़दम, कभी धन तो कभी स्टेटस भी
बड़े लोग हर किसी के घर नहीं जाते,
हर किसी के घर जाया भी नहीं करते।

ताउम्र भगवान बनकर रहते है,
और सीधे भगवान के घर ही जाते हैं।।

कद्र

सुनो ओ पत्थरों,
तनिक भावनाएँ तो दिखाओ यार।
सुना है तुममें में भी दिल होता है
कहने के लिए ही सही,
संवेदनाएँ बताओ यार।

भावनाएँ लाओ, तो पूजे जाओगे
कंकर से शंकर बन जाओगे
नोट तुम्हें खरीद तो लेंगे
पर आस्थाभाव कंकू और चावल ही देंगे।

जब तुम धन के ईर्दगिर्द घेरा बना बैठोगे
सच कहूं पत्थरदिल। इंसान से हाथ धो बैठोगे
पैसा परिवार के लिए है, परिवार पैसे के लिए नहीं
औरौं से ही सिखो, सिखाओ यार।

अट्टालिका पर अकेले कैसे रहोगे?
किसके साथ हँसोगे? किससे मिल रोओगे?
जवानी भले ही गुजर जायेगी
बुढ़ापे के लिए ही हाथ मिलाओ यार।

प्रेमकुटी मन के किसी कोने में बनाओ यार।
पैसे छोड़, इंसान से मोह जताओ यार।।

दौड़ जारी है

फिर जल्दी उठ भागने की तैयारी है
सुबह-शाम पेट भरने की दौड़ जारी है।

किसी को शौक नहीं गमज़दा होने का
जन्मजात नहीं मिला, यही लाचारी है।

मुफ़लिसी में क्या दिखा सिवाय धुन के?
जिजीविषा के आगे मौत भी हारी है।

जब भी बदला हैं ज़िंदगी का सलीका
पूछते हैं, क्या कुछ नये की तैयारी है?

नसीब के लिखे को कौन बदल पाया?
आज हमारी, तो कल तुम्हारी बारी है।

बुढ़ापा सबको आयेगा

बूढ़ा आदमी वैसे कुछ नहीं माँगता
सिवाये गोली-दवाई के।
वह भी तब, जब बीमार हो
और उस पर बचपन सवार हो।

गोली की पन्नी को
थैली से निकालता है
उलटता-पलटता है, देखता है
संजीवनी की तरह संभालकर रख लेता है।

गोलियाँ खत्म होने पर उसकी निगाह
टिक जाती है आसरे की ओर
इसके अलावा ग़र कोई चाह होती है
तो वह भी होती है पुरजोर।

आँखे लगा देती है अपनी पूरी शक्ति
किसी मीठी या चटपटी जीभ की ओर
पर ऐसा तब ही होता है, जब आप बूढ़े हो
किसी बच्चे की तरह जिद की हो, कुढ़े हो।

पर कौन नहीं चाहता है जिन्दगी जीना,
ठाट से "साठ" बिताना, फिर बूढ़ा होना?
तो ध्यान दो, दवाईयाँ तुम्हें भी लगेगी
कुछ खाने की भूख तुममें भी जगेगी।

बस बूढों की दवाईयों का,
मीठे-चटपटे का प्रबंध कर लो,
अपने लिए "सुखमय साठोत्तर" का
आशीर्वाद भर लो ।

शमशान से गुजरते हुए

वहाँ दिखाई दे रही है सिर्फ अग्नि की एक लौ
मिट्टी का पुतला मिट्टी में मिल गया है
कल इसी में दहाड़ता था एक शरीर
अपने वीरोचित अहंकार के साथ
कोई मंत्रोच्चार के साथ सुनाता था
ग्यान के स्वामित्व की गाथा,
गर्वोक्ति के साथ।
कोई अपनी संपत्ति पर
अट्टहास करते हाँकता था डींगें,
पूरी दुनिया मुट्ठी में कर लेने की।
इसी मद में
सब चले जा रहे थे तने हुए
और चलते-चलते पहुँच गए यहाँ तक
पर दूसरों के कंधों पर,
और अब सब कुछ शांत हो गया है।

सब्जीवाले के साथ शाणपत्ती

मैं नहीं करता कभी
सब्जीवालों से मोलभाव
न कभी उनसे मांगता हूँ फ्री धनिया
न उन्हें दिखाता हूँ कोई ताव।

सब्जियों को उलट-पलट नहीं करता
चख़कर कोई चीज़ थैली में नहीं रखता
ठेले पर सब्जी पहुँचने तक की मेहनत देखता हूँ
क्या और कितना ज्यादा ले लेगा? सोचता हूँ।

क्या मेडिकल पर जाकर कभी कोई "दवा का भाव" पूछता हैं?
कंपनी "नकली" है और "डेट एक्सपायर", किसी को सूझता है?
जो भी हो, पैसा देकर, हम दवाईयाँ घर ले आते हैं
किसी से बिल माँगने की, कभी भी जहमत नहीं उठाते है?

तो फिर सब्जी वालों के साथ यह शाणपत्ती क्यों?
जो रोज भरता है हमारा पेट, उससे माथापच्ची क्यों
पता नहीं ये कहाँ-कहाँ से टोपला भरकर लाते हैं
सुबह से शाम होती है, तब दो पैसे कमाते हैं।

तो सुनों, अब साग-सब्जी वालों से कभी न उलझना।
दस बार भाव पूछ, तुलवाकर किचकिच मत करना
मरने पर धर्मराज के घर जब तुम्हें तौला जायेगा
कहाँ-कहाँ "शाणापन" किया, यह पन्ना भी खोला जायेगा।।

बस ड्राईवर

पौ फटते ही
जब वह निकलता है बस लेकर
तो उसे पता नहीं होता
कि वह शाम को सुरक्षित लौटेगा भी
या नहीं।

उसके घर लौटने का इन्तजार
शुरु हो जाता है उसके निकलते ही
और वह भी तो करता ही है
शाम होने का इन्तजार।

सुबह से शाम के इस फेरे में
कई बार होती है उसके जीवन की परीक्षा
कभी कुत्ते, गाय और भैंस
तो कभी अचानक सामने आने वाले आदमी को बचाने में।

वाणी की कर्कशता उसका स्वभाव नहीं
न ही वह चाहता है उलझना
उसे अक्सर उलझा देते हैं
कुछ अभाव और कुछ प्रभाव।

बस ड्राईवर की ज़िंदगी
पहियों पर चलती है
और पहियों पर ही चलती है
उसकी आशायें, महत्वाकांक्षाएँ और सारे स्वप्न।

मरघट का जमघट

शमशान में बैठकर
वैराग्य की बातें स्वाभाविक है
और स्वाभाविक ही है वहाँ बैठकर यह कहना
कि "जिंदगी का क्या ठिकाना?"

बहुत बड़ी बातें होती है मरघट में
"क्या लाये थे?"
"क्या ले जायेंगे?"
"बस व्यवहार ही साथ जाता है। "

"पंच लकड़ी" देते ही
शुरू हो जाती है ईर्ष्या, अहम्, निंदा और "स्व" से जुड़ी बातें
और मरघट पर ही गूँजने लगते हैं ठहाके
जी भर के किसी "अन्य" की बुराईयों के साथ।

यह जानते हुए भी
कि "जिंदगी की डोर ऊपर वाले के हाथ है।"
मरे जा रहे हैं लोग
टांग खींचने, मजाक उड़ाने और
बरबाद कर देने का दंभ लिए।

कितना खोखला है शमशान का प्रलाप
कितना उथला है "किसी के चले जाने" का संताप।

मौसी-मौसा, बुआ-फूफा

तुम्हें नहीं पता
तुम्हारे जन्म से लेकर किशोर बनने तक,
तुम्हारे माँ-बाप को अलावा ग़र किसी ने तुम्हें चूमा
सबसे अधिक लाड़ किये
तो वे थे मौसी-मौसा, बुआ-फूफा।

भले ही तुम्हारी नज़रों में ये रिश्ते हों गौण
ये अपना महत्व खो रहें हों
लोगों को कद्र नहीं इनकी,
पर जब पलटकर देखोगे अपना बचपन
तो तुम्हें इन पर प्यार आयेगा और रोना भी।

पूछो,
ज़रा पूछो, अपने माता-पिता से
जन्म के बाद तुम्हें गोदी में लेकर कौन भागता रहा?
"बुआ और मौसी"
बीमार होने पर "माँ-बाप' के साथ कौन रात भर जागा?
ये या इनके घरवाले, तुम्हें तो होश ही नहीं था।

बच्चों।
ये रिश्तें कुदरत की इनायत है
इनके बिना न तुम थे, न तुम्हारे माँ-बाप,
ये थे, तो हम सब हैं
ये रहेंगे, तो हम रहेंगे।

आओ।

अपनी मौसी, बुआ

मौसा, फूफा को मान दें

उन्हें नाना-नानी, दादा-दादी की तरह सम्मान दें

और दफ़न कर दें

"सिर्फ मैं और मेरे बच्चें" की सोच को।

बताशे

नई पीढ़ी नहीं जानती इनका महत्व
और जानना भी नहीं चाहती शायद
उसे इनमें कुछ खास नज़र नहीं आता
सिवाए बेवज़ह अतिरिक्त मिठास के।

पर हम कैसे भूल सकते हैं वह "कविता"?
जिसमें लिखा था कुछ ऐसा
"खीर-बताशे ला रही है
अम्मा सबको भर-भर थाली"।

ये "बताशे" यूँ ही याद नहीं हमें
सिर्फ दीवाली के प्रतीकमात्र नहीं ये
इनसे आ ही जाते हैं याद, वे मधुर गीत
जिन्हें गाती थी दादी, बुआएँ और काकीयाँ।

जिन गीतों में होती थी "प्रार्थना"
"कुलदेवी" और "लोकदेवताओ" की
जिनमें लिये जाते थे एक के बाद एक
पूर्वजों के नाम, उनके गुणों के साथ।

और चौकपाटले पर बैठता था "घर का मुखिया"
अपनी "गृहलक्ष्मी" के साथ
सीधे-सादे वस्त्रों की प्रेमभरी रस्में
जिनमें कीमत का नहीं,
था "भावनाओं का महत्व"।

और अंत में “ढोल के डंके” के साथ
बाँट दिये जाते थे “बताशे” थाली भरकर
एक नहीं, दो नहीं, तीन-तीन बार लेने की होड़ थी
क्योंकि इनमें घुला करती थी
जीवन की मिठास,
बरक़त और साँझी ख़ुशी।

कुँवासियाँ

ये आजकल नज़र नहीं आती
विवाह समारोह में,
आती है तो शादी के एन वक्त
या "स्नेहभोज" के दिन मंच पर।

ये खुशामद कर लाई जाती थी
महीने भर पहले से
अब न इन्हें समय है
न रिश्तेदार को ज़रुरत।

नाच-गाना डीजे तक सिमटा हुआ है
"मांगलिक गीत" आइटम सांग में बदल गये हैं
कभी इनका नृत्य विवाह का तारक था
अब सिर्फ "सेल्फ" और "सेल्फी" का कारक है।

विवाह बदल गये हैं
ये "परंपरा" या "संस्कृति" कम
दिखावा या आडंबर बनकर रह गये हैं
और भूल गये हैं शादी की रौनक कन्याओं को।

ये दिखाई ज़रुर देती है
पर बहन या सहेली के रुप में कम,
समय ने छीन लिया है इनका महत्व
इन्हें "कुँवासियाँ" कहते हैं।

शिखर के आसपास

सुना है
पर यकीन नहीं होता
कि साहित्य के उच्च शिखर पर भी
चलता है सब कुछ
नहीं कुछ भी निषिद्ध,
ग़र आप हैं स्वनामधन्य।

जिनके मुँह पर था पाठ
सत्य, चरित्र और नैतिकता का,
खादी के कुर्ते, जींस या झक सफेद पजामें के पीछे
अकस्मात् कहीं हो जाता है गुम
और उनके झोले में भी कहीं नहीं मिलता।

"मधुशाला" के स्मरण के साथ
ग्रहण किया जाता है सोमरस
फिर उच्च प्रतिभाशाली बौद्धिक जीव
उन तथाकथित बड़ो के समक्ष हो जाते हैं दण्डवत।

दौड़ते-दौड़ते
कर देते हैं इन्तजाम
सोम के साथ
सौन्दर्य के रसपान का भी।

लंबे समय तक
कानों में गूंजते रहते हैं लंबे आदर्श वाक्य,
अभिव्यंजनाये
और साहित्यिक मानदण्ड।

और हम ढूंढते रह जाते हैं
उनके भीतर के हरिश्चन्द्र
सत्य की कसौटियाँ
और क्रियान्वयन।

इसीलिए शिखर के राजपथ से
लौट आता हूँ शीघ्र ही,
क्योंकि यदि यह सच है
और यही शिखर का आभामंडल है
तो फिर मैं यहाँ ग़ैरवाजिब हूँ।।

उलझन

ये मन बारबार उचटता क्यों हैं?
गिरता है बारबार, फिर संभलता क्यों है?

ये कर लें, वो कर लें, जीवन गुजर रहा
कूपमंडूक एक घेरे में, टरटर कर रहा
निकलता नहीं तो फिर
भटकता क्यों है?
ये मन बारबार.....

यह नहीं हद जीवन की, बहुत कुछ पाना है
घूमना है हर डगर, हँस-गाकर बिताना है।
पंखों पर विश्वास नहीं
तो फिर उड़ता क्यों हैं?
ये मन बारबार.....

चलो आज मन का भी श्रंगार कर लें
पल-पल को जी लें, उमंगों को भर लें
संवरने की बात पर, यूँ बिखरता क्यों है?
ये मन बारबार.....

बाजे वाला

मत देखो उसे
हिकारत भरी नज़रों से,
वह आता है तो घर आते हैं देव
"गणपति" उसके ही पीछे चलते हैं।

चंद रुपयों की ख़ातिर ही सही
तुम्हारी खुशियों में होता है शरीक़
खुद के लिए नहीं बजाता है वह,
पर खोल कर रख देता है अपना दिल।

तुम्हें शायद लगता है आसान काम,
ज़रा बजाकर तो देखो
कलेजा फूंकना पड़ता है
यूँ ही नहीं बज जाता "बाजा"।

बजने से पहले
धमनियों में प्रवाहित होता है संगीत
हाथ की नसों से ढोल की किमची में पहुँचती है लय,
सुर, ताल का व्याकरण इतना सरल नहीं होता।

हे सारेगामा के स्वप्न दृष्टा।
अगली बार ध्यान रखना
बाजे वाले को कोसने के पहले
थोड़ा सुर अपने भीतर भरना।

माँ का समभाव

(जब मेरी कार गुजरी संघर्षों की घाटी से)

आज जब कार गुजरी उसी घाटी से
जिस घाटी से गुजरी थी "माँ"
कंधे पर बीस किलो का रोज़गार लिए, अनगिनत बार,
तो सजल हो गये मेरे नैन।

पर "माँ" आज भी थी अविचलित, अप्रभावित
क्योंकि उन्होने बहुत पहले ही सीख लिया था
"समभाव" में रहना
"गीता के संदेश" को जीवन में उतारते हुए।

एक मैं ही था
जो तलाश रहा था उनके चेहरे पर चढ़ते उतरते
भावों का अर्थ
और आँखों की कोर में से निकलती कोई अश्रुबूंद।

उस घाटी पर हमनें देखी थी
ऐसी सैंकडों कारें
धूल उड़ाती, धुंआ छोड़ती
जिनके घटाटोप में सन्निहित थी "माँ" की दूरदृष्टि।

वही "समभाव" तब भी रहा
जब किसी ने "माँ"का स्वस्तिवाचन करते हुए
की ज़ोरदार शब्दों में तारीफ़,
जब मुझे खुद के नथुने तनिक फूलते महसूस हुए।

यह कोई छोटी घटना नहीं थी,
एक युगान्तर था
जैसे-जैसे कार घाटी चढ़ती जा रही थी
घाटी "माँ "के चरणों में प्रणाम करती नज़र आ रही थी।

मेरी आँखों में से पिघलकर टपक रहा था
माँ-बाप के संघर्षों का मोम,
गाड़ी आगे बढ़ रही थी
और भावनाएं शीर्ष पर चढ़ रही थी।

"सत्यनारायण मंदिर" पहुँचते ही धैर्य छूटा
"कृतज्ञता" का महासागर वहीं जाकर फूटा
तब लगा कि यहाँ बरसों गीता पढी, "इति श्री" किया
पर "माँ" ने तो जीवन भर उसे "जी" ही लिया।

किरण पर कविता नहीं लिख सकता

ये कोई नई बात भी नहीं
न ही है कोई बरसों पुरानी बात
कि मैं यह कहूँ
कि वह रही मेरी छायाप्रति
याने दूसरा "कारुलाल"।

बचपन से उस पर प्रभाव रहा मेरा
और मुझ पर उसका
स्वभाव तो दोनों के ही,
जैसे गूंथ से गये एक-दूसरे में।

"उसकी भाभी" तो उसे पूकारती है
मेरा "फिफ्टी परसेंट" कहकर
सचमुच फिफ्टी ही तो रही वह
पढ़ाना हो या फिर जिम्मा उठाना हो।

वर्षों तक देती गई साथ
कंधे से कंधा मिलाकर
क़दम-दर-क़दम चलती रही
जैसे कि हो मेरा दायाँ हाथ।

उसके रहते रहा मैं, वर्षों बेफिक्र
याद नहीं, कि कभी भूखा रहा होऊंगा
कहीं रवाना होने के पहले
या फिर घर पहुँचने के बाद।

और फिर एक दिन चल पड़ी मुझे छोड़
पच्चीस साल से साथ रही मेरी परछाई,
छूट गई
कारु की "किरण" बन गई, अब भानु की "किरण"
और मेरे पास रह गया सिर्फ स्मृतियों का पीड़न।

मैंने बड़ी बहन के व्यक्तित्व को उकेरा
छोटी को भी उसके झंझावातों के साथ कलमबद्ध किया
पर इस मध्या ने कभी नहीं रखा कोई शिक़वा
कि उस पर "कविता" क्यों नहीं लिखी आज तक?

ससुराल में उसकी समझदारी और सामंजस्य पर
शायद लिख सकूँ दो शब्द
पर उसके "समर्पण" पर कोई कविता नहीं लिख सकता,
कभी नहीं लिख सकता।

गुड्डी के लिए

यूँ तो वह मेरी छोटी बहना है
पर रुआब ऐसा
जैसे कि जीवन के अनुभवों को
निचोड़ लिया हो।

इसमें कहाँ था उसका दोष?
कि अट्ठारह की उम्र के पहले ही ब्याह दी गई
मेरे लाख विरोध के बावजूद,
माँ-बाप की थी अपनी मजबुरियाँ।

मजबुरियाँ क्या थी?
रिश्ते-नातेदारों के ताने थे
लोगों का तगादा था
और सबसे बड़ा अभिशाप थी गरीबी।

पर हार नहीं मानी थी उसने
विवाह के बाद भी पढ़ती रही
दसवी की परीक्षा अधूरी छोड़ने वाली बहन ने,
कठोर परिस्थिति में कर डाला एम.ए. संस्कृत में।

महत्वपूर्ण यह नहीं था कि
स्नातकोत्तर कर लिया किसी विषय में
महत्वपूर्ण यह था कि, ये सब वहाँ हुआ
जहाँ पढ़ाई का मूल्य था "जीरो बटा सन्नाटा"।

आज वह निजी विद्यालय में शिक्षक है
समय के थपैडों ने उसकी वाणी को बना दिया है कठोर

भावनाओं से सराबोर, मेरी फूल सी बहना में
देववाणी की जगह ले लेता है "आक्रोश" ।

दिन भर की थकान के बाद जब वह लौटती है
तो महीने भर की कमाई उड़ेल देती है अपने बच्चों पर
पूरे स्वाभिमान के साथ चलाती है अपना घर,
बेटे-बेटी उसकी उन विशेषताओं को नहीं जानते ।

जो जानता हूँ मैं,
कि मेरी बहना ले लेती है मुझसे ढेरों आशीष
पर कभी नहीं लेती रुपये का एक ढेला भी,
सौ की नोट हाथ में रखते ही कर देती है वापस ।

जबकि मैं कहता हूँ कि "तू छोटी है" ।
तेरा हक़ है लेने का,
पर उसका स्वाभिमान सर चढ़कर बोलता है
एक ईशारे में कर देती है मुझको बौना ।

यह कहते हुए कि बस "आपका आशीर्वाद दीजिए"
मुझ पर असीम स्नेह बरसा
बहना बना देती है मुझे धनवान,
पर तब मुझे "खुद से बड़ा गरीब" कोई नहीं दिखता ।

हे बहना !
तेरे संघर्ष, तेरे परिश्रम, तेरी दृढ़ता को
मेरा नमन है
तेरे "स्वाभिमान" के समक्ष
मेरा सब कुछ अर्पण है ।

बिंदास दोस्त

ऐसा नहीं,
कि कर्ज़ लेकर घी पीने की आदत है उसकी।
पर जब भी उधार लेता है
बन्दा बिंदास हो, मुस्कराकर लेता है

कभी अपने घर के लिए लेता है
कभी मित्रवर के लिए लेता है
कभी बीमारी के लिए लेता है
कभी तिमारदारी के लिए लेता है
पर जब-जब भी लेता है
बन्दा बिंदास हो, मुस्कराकर लेता है।

मैं पूछता हूँ, यार। क्या करते हो?
कभी पाँच, कभी दस प्रतिशत में भी ले लेते हो?
इन देने वालों को भी दया, हया नहीं आती
गलाकाट ब्याज से रुह नहीं काँप जाती।

और वह कहता है
कुछ नहीं यार, यह इनकी भी मजबूरी है
बिना ब्याज लिए, जिंदगी इनकी अधूरी है
मैं तो सोचता हूँ कि यै पैसे कहाँ जायेंगे
ये बच्चों के लिए कपड़े ही तो सिलवायेंगे।

बस, उधार लो और समय पर अपना काम निकालो
क्या और कितना ब्याज, दिल से बात निकालो
हम हैं तो इन लोगों का घर चल रहा है
ईमानदारी और बिना ब्याज के कौन लखपति बन रहा है?

घोर तनाव में भी यह कह, उसने ठहाका लगा दिया
ब्याज पर लेने का ग़म, एक झटके में भगा दिया
दिल बूझा था, पर एक हँसी ने नींद से जगा दिया
मुस्कराये दोनों, एकदूजे को गले से लगा लिया।

बंबई से आया मेरा दोस्त

सचमुच
बहुत इच्छा थी बंबई जाने की
पता नहीं क्यूँ मर गई यह इच्छा?
आज तक नहीं जा पाया
कि कैसी लगती है बंबई, नहीं देख पाया।

बचपन में,
महज चार बरस की उम्र में
गाया करता था अक्सर
(जैसा माँ ने बताया)
"बंबई से आया मेरा दोस्त
दोस्त को सलाम करो"।

बड़े होते-होते
प्रेम बढ़ता ही गया बंबई से
कभी अमिताभ, कभी सुनील गावस्कर तो कभी
लता मंगेशकर के कारण,
मायापुरी तो खिंचती ही थी उस ओर।

फिर बंबई को "मुंबई" में बदलते पढ़ा-सुना
और यह भी सुना कि
"मुंबई शहर 'हादसों का शहर' है।
सच में डरता ही रहा यह पढ़कर
कि मायानगरी में "डान" लोगों का कहर है।

धीरे-धीरे मुंबई की विद्रुपताएँ आती गई सामने
परवीन बाबी की रहस्यमय मौत
नये गीत-संगीतकारों, कलाकारों के साथ छलावा
और रहा सहा रोमांच खत्म कर दिया धमाकों ने।

पता नहीं अब दिल क्यों नहीं जाता उस पटरी पर?
दिल्ली, चेन्नई, रायपुर, कलकत्ता, सब लिए नाप
यहाँ तक कि नवसारी तक पहुँच गया
पर मुंबई?

आज, कहने लगा
"मुंबई से आया मेरा दोस्त"।
यार। अब तो कर संदेह का "दि एण्ड"
तेरे कितने मित्र हैं मुंबई में,
कितने शिष्य, कितने फेसबुक फ्रेण्ड।

मुंबई ने पाले हैं कितने पेट
कितने लोगों को किया जिंदगी भर के लिए सेट
वहाँ पलें हजारों स्वप्न पूरे भी होते हैं
सुबह उठे लोग कभी भूखे नहीं सोते हैं।

अब अपनी गलतफहमियाँ दूर भी कर
मुंबई के प्रति थोड़ी सकारात्मकता भी भर
आ मेरे घर, कभी आकर तो देख
बचपन के गीतों को लय देकर तो देख।

तेरे दोस्त, तेरे रहबर, तेरे इन्तजार में हैं
कोई अंधेरी, कोई बान्द्रा, कोई ख़ार में हैं।।

हे वाल्मीकि

हे वाल्मीकि।
आपने ही तो दिखाया मार्ग
मर्यादा में रहने का, अहँकार के दमन का,
समानता का, अपनी रामायण से।

आपने दिया संकेत
कि कभी भी बदला जा सकता है जीवन
खुद को किया जा सकता है रुपांतरित
कि कोई बहुत कठिन श्रम नहीं है, आत्मशुद्धि।

आज देखिए।
समता को सदियों पहले कर दिया गया जमीदोंज़,
मर्यादाओं पर अतिक्रमण जारी हैं
और अहँकार तो अपने चरम पर है।

काश।
मानव यह समझ पाता
खुद को रुपांतरित कर पाता
वाल्मीकि बनने की ओर
एक कदम ही उठा पाता।

गरीब किसान के घर मोटरसाइकिल

आज
मोटरसाइकिल आने वाली है घर पर
घर की बहू ने तैयार की है
कंकू अक्षत के साथ "आरती की थाली" ।

उमंगें अपने उत्कर्ष पर है
मोटर साइकल का आना कोई दिखावा नहीं है
न ही है कोई होड़,
पड़ोसी के साथ ।

वैसे भी मिट्टी से सने कमीज़ से झांकती
"फटी बनियान"
मुकाबला नहीं कर सकती किसी का
न हीं कर सकता है कोई, उससे ।

उसमें सुगंधित इत्र की खुशबू नहीं है
बल्कि कठोर परिश्रम से सनी
माटी की सौंधी महक है
ख़री कमाई का पक्का सबूत ।

बहु ने भी आज साड़ी पलटी है
दीवाली के बाद पहना है उसे सिर्फ दूसरी बार
उसे भी तो है
मोटरसाइकिल आने की बेहद खुशी ।

हो भी क्यों नहीं?
अब उसे टिफिन देने नहीं जाना होगा
कोस भर पैदल चलकर,
ये घर पर ही पहुँच जायेंगे पाँच मिनट में।

और मण्डी के चक्कर लगाने
घण्टे भर बस का इंतजार ख़त्म
दाड़किये करने जाना,
खादपानी, बीज, तीज त्यौहार के काम
सब होंगे चुटकियों में,
समय जो बचेगा।

और अब तो वह भी पाँच कोस दूर पीहर
जब चाहे, तब चली जायेगी
सुबह गई
और शाम को वापस।

घर में चारो ओर खुशी समाती नहीं है
भैंस बाँधने के खूंटे से कुछ ही दूर पर
जगह समतल कर दी गई है,
अभी-अभी गोबर से लिपकर निपटी है सास-बहू।

पिताजी खाट पर बैठे प्रतिक्षारत है
दो हमउम्र काकाओं के साथ
हाथों में नारियल है
और खाद की बोरियों को जोड़कर तैयार कवर।

बच्चे चक्कर लगा रहे हैं
खाट के आसपास
फटफटी की आवाज निकाले हुए,
गायें भी रंभाकर अपनी खुशी जता रही है।

कुछ ही दूरी पर एक विशाल बंगला सन्नाटे में डूबा हुआ है
भीतर रखी “एम्पाला कार” पर धूल चढ़ चुकी है,
और अकेले मालिक
सिगार में अपने जीवन की सांझ फूंक रहे हैं।

राखी बाँधने बहुएँ पीहर गई है

"शयनकक्ष"में पसर गया है सन्नाटा,
रसोई में आज हाथ तो जाने-पहचाने लगे हैं
पर उतने उतावले नहीं, कुछ संकोची से हो गये हैं
बहनें आज अपनी पुरानी जगह पर है।
राखी बाँधने
बहुएँ पीहर गई है।

उठो, बच्चों। फटाफट करो।
स्कूल नहीं जाना क्या आज? सात बज गये
लो तुम भी उठो, जल्द बाथरुम खाली करो। सब शांत हैं।
"अलार्म की आवाज़" भी आज मौन है।
राखी बाँधने
बहुएँ पीहर गई है।

झाड़ू रुठी हुई सी पड़ी है एक तरफ
बेटियों की चिल्लोपौ भी चली गई माँ संग नाना के घर
कपड़े, बरतन, घर की एलईडी सहमें हुए हैं
बिस्तर लगाये नहीं गये आज करीने से।
राखी बाँधने
बहुएँ पीहर गई है।

बेटियों बिन जितना अधूरा है पीहर
बहुओं बिन उतना ही अधूरा है बेटों का पीहर भी
बेटियों के विदा होने पर जैसे घर हो जाता है वीरान
वैसै ही बहुओं के कुछ दिन जाने पर हो जाता है परेशान।

बहू हो या बेटी, जबजब भी गई है
जिंदगी सिहर गई है
बहू-बेटी पीहर गई है।।

और मैं आ रहा हूँ महेश्वर

संत सिंगाजी की यह वसुंधरा लगती बड़ी है न्यारी
बाबूलाल जी
सेन की वाणी जनजन को है प्यारी
गोविन्द गुंजन जी के काव्य पुष्पों की बनती है फुलवारी
अखिलेश बरचे जी ने लेखन से सींची पीढ़ी सारी।

गेंदालाल जी की साहित्य साधना के गीत गुनगुना रहा हूँ
मैया नर्मदा बुला रही हैं, और मैं आ रहा हूँ।

जहाँ की मिट्टी अपनी कहानी खुद बोलती है
हरीश दुबे की कवितायें कानों में रस घोलती है
विजय जोशी की लघुकथायें माँ रेवा के संग बहती है
जिस बोली को मेरी माता अपनी बहना कहती है।

उस निमाड़ की धरा पर मस्तक लगा रहा हूँ,
मैया "नर्मदा" बुला रही है, और मैं आ रहा हूँ।

जहाँ कुँवर उदयसिंह अनुज के दोहें
माटी के कण-कण को महकाते हैं
और शिशिर उपाध्यया के नवगीत
प्रकृति सौन्दर्य को पलपल दहकाते हैं
हर तीर्थ, हर घाट, पूजा व इबादत की गवाही देता है
जहाँ जागते ही सबसे पहले "नर्मदे हर" सुनाई देता है

माहिष्मती मल्हार में माल व मालकौंस मिला रहा हूँ
मैया "नर्मदा" बुला रही है, और मैं आ रहा हूँ।।

घुंघरा बजाने वाला

अपनी मस्ती में मस्त
बजाता रहता है वह घुंघरे
लय, ताल, सुर का अंदाज नहीं उसे
उसकी हर छनछन स्वयं में लय है, और ताल भी।

उसकी सरगम को परवाह नहीं वाद्य-वृन्दकों के इशारे की।
अपने घुंघरुओं के साथ वह भी समा जाता है संगीत में
जैसे मजदूरी समा जाती है मजदूर में
आखिर वह भी तो मजदूर ही ठहरा।

बैण्ड में उसके पास होता है मौका
कि बीच-बीच में उछलकर झेले गये कुछ रुपये,
अपने नाम ही कर ले
पर नींव रखने वाला मजदूर कभी मालिक बना है क्या?

अब उसके हाथ में रख दी जायेंगी कुछ मुट्ठी भर मजदूरी
जिससे वह कोशिश करता रहेगा
जीवन की सरगम को साधने की
ठीक वैसे ही, जैसे साधता आया है मजदूर रात-दिन।

मुझे हर मजदूर में घुंघरुओं का संगीत सुनाई देता है
और घुंघरुओं में मजदूर के जीवन का संगीत।

संतों के संग रेवा

अब नर्मदा मैया का वक्त बदलने वाला है
जो कभी नहीं हो पाया, अब होने वाला है।

पांच संतमंत्री मिल, अब जीवन रेखा को बचायेंगे
उद्भव से सागर तक, सब निर्मल कर जाएंगे।

रेवा के तट पर भी अब सिंहस्थ मनाया जायेगा
जल शेष नहीं रहा तो गंगा से लाया जायेगा।

यात्राओं का पाप, पुण्य में परिवर्तित होगा
किसने कितना खाया, धर्म में रुपांतरित होगा।

हर तीर्थ, हर घाट पर कुंभ स्नान होगा
बदनसीब वह जिसने यह परम पद नहीं भोगा

अब भी अगर नर्मदा का कायाकल्प न हुआ
जो "माँ" का न हुआ तो किसका हुआ?

नदी मर नहीं सकती

हे नदी !
कौन कहता है कि तुम सूख गई हो?
तुम सूखती हो तो मर जाती है सभ्यताएँ
विलुप्त हो जाती हैं संस्कृतियाँ
संवेदनाएँ बोथरा जाती है।

देखो,
प्यासे अपनी तृष्णाएँ शांत कर रहे हैं
तुम्हारे भीतर से जीवित निकले हैं पुण्य भी
अभी-अभी अधमरे आदमी को अस्पताल ले गया कोई।

तुम्हें देखकर ही साँसें जीवित हैं
और तुमसे ही है जिन्दा,
आस्था, विश्वास, मूल्य
और हम।

नदी ! तुम मर नहीं सकती
नदियाँ मरा नहीं करती।।

ऐलकार मुस्सद्दी

जब भी आती वह
मैं लेने पहुँच जाता था बस पर
एक छोटी सी पोटली लिये
धीरे से टिकाती अपनी कुबड़ी जमीन पर।

"आईग्यो म्हारो बेटो?"
लाड़ के साथ माथे पर हाथ
पूछ लेती थी एक ही सांस में
घर के हालचाल।

घर में प्रवेश करते ही
होती माँ-बेटी की आँखें नम,
मिलने पर भी कोई रोता है भला?
मुझे होता था यही गम।

जितने भी दिन रहती
घर के हालातों को परखती
आँसुओं को बेटी से छुपाये अक्सर कहती
"फिकर मत कर"।
"बेटो भणेगा"।
दुःख दूर वेगा
ऐलकार मुस्सद्दी वणेगा।

"आज फिर जब "ऐलकार मुस्सद्दी" याद आया
मतलब इसका अब तक समझ नहीं पाया।
नानी की याद आई, मन भर, भर आया
"माँ" की बातों में नानी को ही पाया।।

जो दिल खोजो आपना

लो चलो,
मान लेता हूँ गलतियाँ
निकाल लेता हूँ कमीयाँ
तुम कहते हो न,
कि जो अपनी कमीयों को स्वीकार लेता है,
वही इंसान?

हालाँकि
कमीयाँ तो हर इंसान में होती ही है,
पर अब बोलो मेरे देवता !
मेरी इस स्वीकारोक्ति पर
मेरी पीठ थपथपाओगे
या चटखारे लेकर
फिर से शुरु हो जावोगे?

बोलो, बोलो।
क्या स्वीकारोगे दूसरों का अस्तित्व?
बनोगे प्रेरणा, संवारोगे अपना
कृतित्व?

तुम जिसे
अपनी अदा समझते हो न,
वही तुम्हारी कमीं है,
शेखी है।

जो नम्र हैं,
स्वीकारते लेते हैं कमीं,
उन्होंने औरों में
केवल अच्छाईयाँ ही देखी है।

हे ईश ! यही प्रार्थना

ये जो बैठें हैं, ये मेरे बूढ़े माता-पिता हैं
मैं ही जानता हूँ, इनका जीवन कैसे बीता है?

हमेशा कहते हैं "बेटा। रोटी समय पर खा लिया कर।"
तनाव मत रख, कुछ बातें हमसे भी बाँट लिया कर।

सामने देख, मोटरसायकल धीरे चलाया कर
अपना ध्यान रख, हमारी ओर देख जाया कर।

तूझे कुछ हो जायेगा, तो हम क्या करेंगे?
एक तू ही तो आसरा है, नहीं तो जीते जी मरेंगे।

हम जानते हैं तू भावुक है, संवेदनशील है
पर हमारे जीवन की धुरी है, रास्ते का मील है।

उनकी आँखों की बूंदों को देख सहम जाता हूँ
कोई अनहोनी न हो जाये कहीं, डर जाता हूँ।

हे ईश। यही प्रार्थना, इतना ज़रुर कर देना
उनके जीते जी, मुझे कुछ न होने देना।

हम पर अपनी कृपा बनाये रखना
इनका आशीर्वाद सदा बनाये रखना।

वह (कवित्त) जो तुम चाहते हो

भाई !
मैंने पहले भी कहा तुमसे,
कई बार।
क्षमा कर
सौंदर्य और श्रृंगार पर
नहीं लिख पाऊंगा, यार।

तुम कहते रहो बेशक
कि नहीं मुझे ज्ञान काव्य शास्त्र का
नहीं मैं कवि छंदबद्ध,
हूँ नाम मात्र का।

सचमुच बहुत पढ़ा कालिदास को।
बहुत की चेष्टा,
कि "कुमार संभव"से ही
चुरा लाऊं उमा का सौंदर्य
और सजा लूं अपनी कविता।

या फिर शेक्सपियर के "रोमियो जुलियट" को बलात् कर दूं समाहित
"मालविका" और "अग्निमित्र" की पवित्र कथा में

सुकुमार कवि पंत के प्रकृतितत्त्व में
या निराला की "वह तोड़ती पत्थर" में
ढूंढता फिरूं संयोग श्रृंगार को,
पर शायद यह बस में नहीं मेरे।

है.... मेरे अभिज्ञान में है
“दुष्यंत”और “शकुंतला” का विप्रलंभ,
"ऋतुसंहारम्" से उद्घाटित
“विक्रम” और “उर्वशी” सा सौंदर्य बोध
और “मेघदूत”सा प्रकृति प्रेम भी।

पर मित्र।
अपने भीतर,
“आथेलो” की तरह उठते प्रश्नों का
क्या करूं?

क्या करूं “कामायनी” की उन
उठती तरंगों का,
उस हलचल का
जो लाती रहती है सदैव
एक महाप्रलय, अंतःकरण में?

इसीलिए धधकती ही रहती है
“हेमलेट” और “मैकबेथ” सी
प्रतिशोधात्मक ज्वाला
और सामने रह जाता है सिर्फ
कबीर सा फक्कड़ी मिजाज
या फिर
नागार्जुनीय आक्रोश।

इसलिए जिसे कविता कह सको तुम।
वह छंद नहीं बन पाता है
और संपूर्ण कवित्त
सपाट पंक्तियों में सामने आ जाता है।

कपड़े की फेरीवाला

वह आता है
और तेज़ आवाज़ के साथ
भर देता है गलियों को
अपनी अपेक्षाओं से।

आवाज़ सुनकर
निगाहें ताकने लगती है उसकी ओर
ऊपर से नीचे तक
करने लगती है उसका मुआयना।

उसके कपड़े, उसके बाल, भौंहे,
कि कहीं वह कोई चोर उच्चका तो नहीं
जो चुरा लाया है कपड़े
किसी गोदाम से।

भरपूर सर्वेक्षण के बाद
कि कहीं फंस तो नहीं जायें
उसको फंसाने की तैयारी हो जाती है शुरु
मोलभाव के साथ।

यह भूला दिया जाता है
कि कितनी दूर से आया है
वह अपना पोटला बांधकर
बूढ़े माँ-बाप, पत्नी, बच्चे उसकी प्रतीक्षा में है।

फिर होती है उसके धैर्य की परीक्षा
कम से कम दाम पर ख़त्म होता है सौदा,
जैसे वह बड़ा घोटालेबाज हो
और लूटने ही आया है जिंदगी भर की कमाई।

तीन पर एक फ्री लेकर हम हो जाते हैं खुश
और वह लौट जाता है
त्यौहार पर अपने घर
औने-पौने दाम पर बेचकर।

पोटले के आखिरी कपड़े
यह प्रश्न करते हैं कि,
असली लुटेरे, चतुर ठग
वह है या हम?

विघ्नसंतोषी

वे नहीं चाहते
कि तुम सन्निहित प्रतिभा को सामने लाओ
वे नहीं चाहते कि कुछ अतिरिक्त करो,
याने कुछ हटकर करो।

वे चाहते हैं
कि तुम भी औरौं की तरह बैठे रहो घुन्ने
या फिर कराते रहो निंदारस का पान
राजनीतिक चर्चा करते-करते।

या फिर पंजी में हस्ताक्षर करते ही
उनके साथ चाय की चुस्कियाँ लो
गप्प लड़ाते निकाल लो अपना हर काम
"हाँ" में "हाँ" मिलाते, जपते रहो उनका नाम।

कुछ मत करो,
जाओ और आओ
रहो मत सक्रिय, सृजनशील
बस पीयो और खाओ।

अगर तुमने कोई ख़रीख़री कही
और उनके अहम् को ठेस पहुँचती रही
तो वे अपना हर हुनर दिखायेंगे
"विघ्नसंतोषी" किसी भी हद तक पहुँच जायेंगे।

आत्ममुग्धता

तो क्या हुआ,
ग़र आत्ममुग्ध हूँ?
किसी की टांग नहीं खिंचता
बेवज़ह ईर्ष्या में मुट्ठियाँ नहीं भींचता

तुम क्या चाहते हो?
तुम्हारे साथ गलबहियाँ करूँ
औरों पर ठहाके लगाऊं
ठिठ्ठाठिठोली, कान भरूँ?

ग़र यही है व्यवहारिकता
तो तुम्हें ही हो मुबारक
दोहरे मापदण्ड
ऐसी बेअदबी, ऐसी मानसिकता।

मुझे नहीं चाहिए व्यवहार के नाम पर
गरीबों की हँसी मजाक
टाईमपास द्विअर्थी संवाद
और बहन-बेटियों पर
मनगढंत किस्सों का मवाद।

तुम बढ़ाओ दोस्ती, बनाओ अपनी नयी शैली
आरक्षित कर लो अंतिम यात्रा की लंबी रैली
माना रैली वालों के लिए हर गुनाह की माफी है
पर मेरे लिए सच्चाई के चार कंधे ही काफी है।

भेरू झोरी वाला

छमछम, छमछम
छमछम, छमछम

ऐssssssहोssssss......
करते आया करते थे
"भेरू झोरी वाले बावजी"
सुर्ख लाल रंग के कपड़े
कमरबंद घूँघरू बड़े-बड़े

दो कदम पीछे तो तीन क़दम आगे
हाथ में लिए झोरी, कभी रुके, कभी भागे।

उनसे ही जाना था हमनें
कि क्या होते हैं "लोकदेवता",
या कैसी होती होगी "लोकदेवी"?
भेरूझोरी वाले ने ही हमें बताया
घर के लोगों की कद्र हो, समझाया

"भेरू"
होता है हर घर मे,
एक सीधा-साधा प्रेमी मानव
जिसे प्रेम देना जरुरी है
क्योंकि वह भी देता है निःस्वार्थ प्रेम।

और "जुझार",
वह भी अभिन्न है घर के लिए
क्योकि वही सीखा सकता है
"जुझारू" याने कला जूझने की,
साहसी होने की।

अब "भेरूझोरी वाला" नहीं आता
अपने साथ ले गया न जाने कितने भेरुजुझार
छोड़ गयाअपने हिस्से का बरकती आटा
और ले उड़ा हमारा "जुझारुपन"
हमें "भेरू" बनाकर।

रावण की सहनशक्ति

रावण की सहनशक्ति जबाब देख रही है
तीर मार कौन जलाता क़िताब देख रही है।

बहुत सहा दशानन ने त्रेता से कलिकाल तक
छलकपट दंभ, अहम् जलता रहा फ़िलहाल तक
इनमें से कौन है राम, हिसाब देख रही है
तीर मार कौन जलाता क़िताब देख रही है।

उसमें थी जो विद्वत्ता आज भी वहीं है
बाहरभीतर की मौलिकता आज भी वहीं है
किस हाथ होगा मोक्ष, हो बेताब देख रही है
तीर मार कौन जलाता क़िताब देख रही है।

अपने जैसे शतानन देख-देखकर थक गया
रावणों के मुँह रामनाम सुन-सुन पक गया
दानवों पर देवताओं का नक़ाब देख रही है
तीर मार कौन जलाता क़िताब देख रही है।

ये बेटियाँ क्यों भाग जाया करती हैं?

माना, जाना होता है एक दिन उन्हें बाबुल के घर से,
होना ही होता है विदा, देर-सबेर, उसके दर से।

क्यों खून के रिश्ते पल भर में तोड़ जाया करती है?
ये बेटियाँ क्यों भाग जाया करती है?

कौन, क्यों इतना प्यारा लगने लग जाता है?
पाँच माह का वक्त बीस बरस पर भारी हो जाता है।

यूँ रुसवाकर, रुलाकर क्यों छोड़ जाया करती है?
ये बेटियाँ क्यों भाग जाया करती है?

माना माँ-बाप थोड़ा डांटते, फटकारते हैं
पर उनकी खुशियों के अरमान भी सजाते हैं

छोटी सी बात का क्यो बुरा मान जाया करती है?
ये बेटियाँ क्यों भाग जाया करती है?

छपास

और वे बोले-

आजकल तुम्हें पुस्तक के छपास का रोग लगा है
तुम ही जानों, अभी तक कितनी नकदी का भोग लगा है
किताबें बिकती नहीं सप्रेम भेंट करनी पड़ती है
बीबी की डाँट खा बड़ी मुश्किल से सहेजनी पड़ती है
ग़र लिखना ही है तो "चेतन भगत' की तरह लिखो
और बिकना भी है तो बिकने से पहले दिखो।

मैंने प्रत्युत्तर दिया-

भैया मैं तो किसी का "भगत" बन नहीं पाऊंगा
अवचेतन मन से लिखता हूँ, पूर्ण "चेतन" हो तन नहीं पाऊंगा
मुझे तो "नागार्जुन" और "प्रेमचंद" की झुर्रिया ही दिखाई देती है
"हॉफ गर्ल" की जगह अर्द्धवसना "धनिया" ही दिखाई देती है
मेरी किताब "बाजार", "रुपैया" या "भोग" नहीं है
वे आँसू है हकीकत के, महज संयोग नहीं है।

बेटी जैसी बहू

देहरी पर क़दम रखते ही
तुम जकड़ लेते हो उसे
अपने रीति-रिवाज़ों में,
परम्परा के नाम काट देते हो
उन्मुक्त उड़ान वाले पंख।

पहले सिखाते हो घर के कानून-क़ायदे
एक जेल प्रहरी की तरह,
बांध देते हो उसके संपूर्ण व्यक्तित्व को
हाथ भर के घूंघट में।

पांच-दस साल तक रखते हो
"हुकूम की ग़ुलाम"
बनके रह जाती है एक 'रोबोट'
आंगन से रसोड़े तक,
निढ़ाल हो बिछ जाती है
लाश की तरह शय्यागृह में।

फिर धीमी सी आवाज़ में
जब किसी दिन रखती है
अपने सपने,
तो लाद दी जाती है उस पर कई शर्ते।

और वह
"बेटी जैसी बहू"

सभी परीक्षाओं पर खरी उतर
जब तक कुछ करने को होती,
तुम पर लुटा चुकी होती है
पूरी तरुणाई।

जबकि
ज्ञान के स्त्रोतों के साथ
आय के स्त्रोत भी
सूख चुके होते हैं,
कहते हो-

"जाओ..कमाओ
और हमें खिलाओ"।

फिर क्यों काटे पर?
क्यों रोकी उसकी उड़ान ?
सपनों को क्यों किया जमींदोज?
क्या इसलिए,
ताकि जीवित रहे 'बेटी जैसी'
और "बेटी" का फर्क।।

थोड़ी दबंगई भर दो

क्या पता, भैया
पूछुंगी,
भेजते हैं कि नहीं
अभी तो शायद ही भेजेंगे।

और "दामाद" जी-
"मम्मी से पूछता हूँ।
भेज देता मैं तो,
आपने बताया ही नहीं।"

समझ नहीं आता
ये "बहनें"
क्या कोई "कारट" होती है
या "अंतर्देशीय पत्र"
जिन्हें भेजा जाता है?

या फिर वे "गुमशुदा पार्सल" होती है
जिन पर ठप्पा लगाकर
भेजा जाता है ससुराल से
जो 'पचास किलोमीटर' पहुँचने में
लगा देता है पाँच महीनें?

यकीन नहीं होता
इक्कीसवीं शताब्दी में
जहाँ बहुएँ लेने लगी है निर्णय,
वे महज "सामान" भी हो सकती है?

यह जरुरी है स्वीकारना
कि हर लड़की की
पहली जरुरत है
आर्थिक सशक्तिकरण,
स्वावलंबन।

नहीं तो घूटती रहेगी लड़कियाँ
और घूटते रहेंगे "माँ-बाप"
वे "पीहर" ज्यादा घूटेंगे
जो नहीं है "धनकुबेर"
या जिनमें नहीं "दबंगई"।

बेटियों वालों!
या तो इतने अमीर बन जाओ
कि खरीद लो कानून भी,
या इतने "दबंग"
कि तुम्हारी "भौंहों की भाषा" ही भयभीत कर दे।

ज्यादा नहीं,
कम से कम
इतना तो कर दो
अपनी बेटियों में 'संस्कार'
और 'स्वावलंबन' के साथ
थोड़ी "दबंगई" भी भर दो।

युद्ध के बाद

युद्ध के बाद
ज़मीन का एक टुकड़ा
अपनी जगह से खिसकेगा
और चला जायेगा बार्डर के दूसरी ओर
फिर ग्लेशियर नहीं पिघलेंगे,
भूस्खलन नहीं होगा
चारो तरफ रह जायेंगे
चिथड़ों में उलझे, मलबों में दबे नरमुण्ड
और आकाश में विजयध्वज फहराता
काला घना धुँआ।
प्रश्न सिर्फ़ यही बचेगा,
हार किसकी हुई
और जीता कौन?

बरसात के टाटे

“बरसात” के साथ
पहले दिखते थे सारे
घर, कवेलू, टाटें
और लोग,
एक साथ।

तवुरियें, बोयें मिला करते थे निःशुल्क
“वजाक” से घर को बचाते थे
उनसे बनें टाटें,
और चिन्ताएँ, रिश्तेदार थी।

आज सब अकेले हैं
टाटे, चिन्ताएँ
और लोग भी
आँखों से बरसात जारी है।

पिता एकांकी होते हैं

लिख चुका हूँ
"पाँच कवितायें" पिता पर
भीतर की कोमलता को उड़ेलना खूब चाहा,
पर सच कहूँ, पिता पर कविता संभव नहीं।

ये कवितायें भीतर से भले ही कोमल रहे
पर ऊपर से कठोर हो जाती है
कठोर चीजें जल्द समझ में नहीं आती
पिता की ही तरह।

आती भी है लेकिन तब
जब हाथ से निकल जाती है।
समय गुजरने के बाद ही
कठोरता में ढूँढ पाते हैं कोमलता।

पिता पर उपन्यास लिखा जा सकता है,
कहानियाँ गढी जा सकती है,
व्यंग्य किये जा सकते हैं,
पर कविता नहीं लिखी जा सकती।

पिता एकांकी होते हैं
अकेले पिता को ही समझ आ पाते है
वो भी जाने के बाद।।

बफ़ेट डिनर

लंबी-लंबी मेजों पर
खाने के भगौने लगते ही
टूट पड़ते हैं लोग,

कहीं लगती भी है ग़र क़तार
तो हाथ ऊँचा कर थाली को बचाते
थोड़ा सा कुछ पा लेने की संतुष्टि,

पहली मेज से दूसरी, तीसरी, चौथी
कहीं-कहीं तो साठ-सत्तर, पचहत्तर तक,
और इन पर गिद्ध की तरह मंडराते लोग,

संतुष्टि का भोजन ढूंढते-ढूंढते
जब पहुँच जाते हैं अंतिम छोर तक
तो बिना खाये ही भर जाता है पेट,

मेजबान प्रदर्शन से संतुष्ट
मेहमान खुशबू से संतुष्ट
और कोई, बचे हुए से पेट भरकर संतुष्ट।

दुनिया : तब और अब

गाँव के एक-एक आदमी की खबर रखना
किसी को साग पहुँचाने के पहले खुद चखना

घर की पेड़ी पर रात को इकट्ठे बैठना
गलती करने पर जवान बच्चे के कान भी ऐंठना

होली, दशहरा पड़ोसी के साथ मनाना
पहले राखी-धागे की बहन से राखी बंधवाना

बिना चिंता के सपरिवार घर से बाहर जाना
पूरे घर की चाबीयाँ पड़ोसी के सुपूर्द कर जाना

'गुरुजी ने सजा दी' सुनकर पिता का दो चपत और लगाना
हड्डी-हड्डी हमारी माँस तुम्हारा, शिक्षक को बार-बार जताना

अब अपना 'अहम्' जैसे कोई रत्न हो गया
क्या समय था, बहुत कुछ खत्म हो गया।।

सब कुछ तुम्हारा है

सब कुछ तुम्हारा है "माँ" मेरा क्या है?
मेरा क्या है?

रग-रग पर नाम तुम्हारा है
मेरा क्या है?
ग़र तुमने पट्टी-पहाड़ा न पढ़ाया होता
घोर अंधेरे में उजाला नहीं दिखाया होता
तो दुनिया की भीड़ में कहीं पड़ा होता
तगारी, फावड़े उठाता, कहीं घुंघरे बजा खड़ा होता

ईश्वर से बस यही मांगना चाहता हूँ
अगले जन्म सिर्फ तेरा बेटा बनना चाहता हूँ
क्या किया, क्या करते हैं,क्या कर पायेंगे?
"माँ" के किये को क्या छू तक भी पायेंगे?

विज्ञापन

आईए, स्वार्थपूर्ति की एक हसरत दिखलाता हूँ
"क्या संदेश दे रहे विग्यापन?" एक झलक दिखलाता हूँ

बेटा संग "माँ" के कार में जा रहा है
दोनों का यह प्रेम बहुत भा रहा है
वह माँ के करीब रहना चाहता है
दूर रहने के ख्याल से भी सिहर जाता है

उसकी तरक्की से खुश माँ नया घर लेने को कहती है
शादी के बाद वे अलग रहे, यह मशवरा देती है
सबके साथ रहने पर पति-पत्नि को व्यवधान होगा
इसीलिए माँ का बेटे से अलग रहना ही बेहतर होगा

यह कैसा लोभ, कैसी टीआरपी, कैसा बाज़ारवाद है?
मूल्य और संस्कृति का शोषक, एक नया आतंकवाद है।

रहिमन वक्त बदल गवो

निंदक नियरे न राखिए, निंदा खूब ही सिखाय
निंदा में डूबत रखे, निंदा निपुण कर जाय।

निंदा निपुण कर जाय, कछु भलौ नहीं दीखे
निंदक सम्मुख रहि के, परनिंदा ही सीखे।

परनिंदा ही सीखे, भीतर कछु नहीं पावै,
रहे सहे गुण जीवन के मटियामेट होई जावे।

मटियामेट होई जावे, जो कोई नियरे आवे
ऐसी मिले दीक्षा, नीम करील बन जावे।

नीम, करील बनबो पड़े, ऐसो निंदक न रखणों,
प्रेम, प्रशंसा मुखपे रख, अंबुज रस ही चखणों।।

भावुकता का अतिरेक

बहुत मुश्किल है मन की करना
सपनों को अपने आँचल में भरना।

संवेदन मन ही खाते मात
व्यवहारिक दे जाते आघात।

जो जितना अधिक सोचते हैं
दिल को भीतर ही टोंचते हैं।

कसम से उमर निकल जाती है
मन की इच्छा पूरी न हो पाती है।

इसकी चिंता, उसका ध्यान
फिसलता प्रेम, आत्मसम्मान।

सोचते रहने वाले, आख़िर क्या करे?
औरों को रखा जीवित, ख़ुद ही मरे।

खूब उठाते फायदा, अपने और ग़ैर,
संवेदना की अति में, स्व से ही बैर।

अपनी ढपली और दूसरों का गान
भावुक लोगों का भी कोई जीवन श्री मान?

चिरनिद्रा

हमारे आसपास
रोज मर रहे हैं लोग
समर्थ भी, मजबूर भी
आम भी, मशहूर भी।

पर हम निद्रा में हैं
और निद्रा में ही हैं हमारी ज्ञानेन्द्रियाँ,
सद्भावनाएँ और उद्भावनाएँ भी नींद में हैं।

ग़र जगे हैं तो सिर्फ़
धर्म और जाति के झूठे दर्प
स्वार्थ और ईर्ष्या के विषैलें सर्प।

ये नींद अब गहराने वाली है
क़िराये की कोठरी रिक्त होने वाली है।।

समरसता

कैसी ये घबराहट लाये?
कैसी ये अकुलाहट लाये?
हो रहा परिवेश प्रदूषित
ये कैसी टकराहट लाये?

तुम सवर्ण, तुम दलित
तुम विजेता, तुम अविजित
तुम रक्षित, तुम आरक्षित
तुम कम्पित, तुम लज्जित।

तुममें है वेदव्यास,
वाल्मीकि तुममें
तुममें है ग़र द्रोण तो
पाणीनि भी तुममें

ये द्वेष, ये मनभेद मिटायें
आओ समरसता अपनायें।

गहराई

चाहता हूँ बड़ी शिद्दत से
कि गहराई लाऊँ कविता में,
इतनी गहराई
कि कोई क़लम माप न सके
प्रकाशन चाहकर भी छाप न सके
जिसकी कभी संभव न हो समीक्षा
जिसे पढ़ते ही सारे कवि ले लें दीक्षा
लेकिन तभी हिन्दी के चार युग याद आते हैं
सुर, तुलसी से लगाकर नीरज तक दिमाग पर छाते हैं
हम क्या लिखेंगे और कितनी गहराई ला पायेंगे?
इनकी कलम को क्या छू तक पायेंगे?

प्रतिप्रश्न

क्या आप सुर हैं, तुलसी हैं, निराला हैं?
क्या पंत हैं, प्रसाद हैं, वेदांत का प्याला हैं?
क्या कभी नागार्जुन का जीवन जीकर देखा है?
या कबीर का फक्कड़पन खुद में परखा है?

तो फिर आप कितने बड़े कवि-मनीषी हुए?
क्या नामदेव, वाल्मीकि से बड़े साहित्य ऋषि हुए?
क्या इनसे महत्तर कोई कुछ लिख पाया है?
जो लिखा आपने वो भी, कहीं न कहीं का जाया है !

इनकी किताबों को भी आलमारियों में धूल चढ़े देखा है
और स्वनामधन्य बहुत बड़ों को भी रद्दी में पड़े देखा है
तो अहम् तजो,डाह तजो, अक्षरब्रह्म को स्वीकार करो
लेखक तो ऊपर है हम सबका,उससे डरो, आभार करो।

बालकवि

हे बालकवि !
सचमुच, सिर्फ तुम ही तो थे
जिनमें थी
"मंगते से मिनिस्टर "बनने की सामर्थ्य।

कबीर सा फक्कड़पन,
मिट्टी की महक
और हिन्दी की बिन्दी ही तो ले गयी थी तुम्हें
मनासा से "नासा" तक।

राग-द्वेष से दूर थे तुम
अपने यथार्थ को कभी विस्मृत न करने वाले
जमीन से जुड़े, तुलसी के तिलक
यूँ ही नहीं कहलाये "बैरागी"।

एक बार फिर कलम को थामों,
वाणी से अनहद राग सुनाओ, ओ बैरागी !

हो सके तो लौट आओ
हो सके तो लौट आओ।

मुखरित मौन

मंदिर की मूर्तियों से भी
अधिक मुखर है
बाहर सीढ़ियों पर बैठे
बुजुर्ग दंपत्ति का मौन,
भीतर उम्मीद है, कृपा है, शांति है
पर बाहर अनुभव है, अपेक्षा है, क्रांति है
बाहर की अनुभूतियाँ, भीतर नहीं मिलेगी
पर भीतर की कृपा, शांति बाहर ज़रुर दिखेगी
बस जरुरी है कि उन अनुभूतियों, अपेक्षाओं को
सही माना जाये
मुखरित मौन की भाषा को
समय रहते जाना जाये।

प्राणप्रिये

ओ मेरी प्राणप्रिये !
तुम हो सदा अनमोल
तुमसे भी अधिक प्यारे हैं
तुम्हारा मौन, तुम्हारे बोल ।

मानो या न मानो यह प्रशंसा सहज, स्वाभाविक, चारु है
तुम्हारी प्रकृति और
प्रत्युत्पन्नमति अद्वितीय है, अद्भुत है, मारु है ।

सरल रहना, सजग रहना,
साथ देना, यही अनुरोध है
तुम्हारे बेजोड़ जीवनवृत्त पर
यही टीका, यही भावबोध है ।

ग्राम्या

पौ फटते ही गोबर के ठान की सफाई
गाय, भैंस, बकरी के दूध की दूहाई !

सिर पर टोपला ले, वायदा करना
घर के कामों को आँचल में भरना!

भूसा मिलाना, कण्डे, उपलें थेंपना
बच्चों को संभालना, स्कूल भेजना!

रोटियाँ बाँध, भागकर खेत पहुँचना
निंदाई, बुवाई, काटना और सींचना!

शाम को ले गठरी, मय घूंघट लौटना
पशुधन को संग ले डगर-डगर चलना!

पहुँचते ही घर पर ढेर सारे काम
कौन सा वेतन, कौन से दाम?

फिर देर रात को अपना निज धर्म
किसने जाना भीतर का मर्म?

टूटा शरीर, थका मन, प्रेम-स्पर्श
कौन जाने, कौन समझे,नारी विमर्श?

कामयाबी की कीमत

माना
मैं सफ़ल नहीं हूँ
तुम्हारे जितना,

नहीं होते मेरे विदेशी दौरे
डालर, पोण्ड और दिनार नहीं मेरे पास
हवाई जहाज का मुँह तक नहीं देखा मैंने,

भले ही मैं नहीं ले पाया लाखों के पैकेज
खर्च नहीं कर पाता दिल खोलकर
शापिंग माल्स की तरह नहीं बढ़ते मेरे क़दम,

लेकिन सफलता के भीष्म मेरे दोस्त!
मैं पैकेज के टुकड़े पर आजादी नहीं बेचता
फेसबुक और व्हाट्सएप्प पर नहीं निभाता
खून के रिश्तें
मालिक और नौकर होने की कृत्रिम मुस्कान नहीं औढ़ता,

हाँ एक बात ज़रुर कहूँगा
तुमसे मिलने को जिनके नैन तरसते हैं
उन्हीं माँ-बाप की गोद में मेरे
नेह बरसते हैं

तुम नकद पैसे भेजकर अपना फर्ज़ निभाते हो
मैं अपना फर्ज़ निभाने के लिए रुपया कर्ज़ ले लेता हूँ
मेरे काबिल दोस्त!
सिर पर चढा कर्ज़ तो चुकाया जा सकता है,
माँ-बाप का नहीं।

संग्रह पर साहित्य मनीषीयों का अभिमत

एक पिता के प्रति बेटे के भाव रहते हैं मन में। लेकिन जिस तरह से रचनाकार पिता को रचना में ढाल रहा है वह उसका यथार्थवादी रूप है। रचनाकार अपने पिता को गाँव की पृष्ठभूमि में स्मरण कर रहा है, साथ ही उनके कलात्मक स्नेह को रेखांकित करता चला जा रहा है। वो पिता जो आरती, भजन और सुंदर कांड के केन्द्रस्थ कलाकार हैं, जिनकी कला की प्रतिभा का परिवेश में सभी सम्मान के साथ स्मरण करके स्नेह बांटते हैं। हर बेटे के लिए पिता प्रिय है लेकिन उसके रूप का चित्रण करना, वह भी अगाध श्रद्धा भाव से ऐसा आभास करा जाता है कि पिता भी पिता होकर एक कलाकार के रूप में द्वयक स्थिति लिए हुए हैं और भी अधिक रचनाकार पिता से गहरे रूप में जुड़ जाता है। इस युग में इस तरह के परिवेश की कविता हमें संवेदनीय बनाते हुए हमारे भीतर जो बोध जाग्रत करती है वो इस कविता की सच्ची अभिव्यंजना है। जमड़ा जी की काव्यात्मक प्रतिभा उन्हें अपनी जड़ों की तलाशी पाने के साथ अपने समय से जोड़ती है।

- **कैप्टन डॉ. मोहसिनखान**

कवि, कहानीकार

हिन्दी विभागाध्यक्ष व शोधनिदेशक,

अलीबाग, मुंबई (महाराष्ट्र)

(2)

मुझे यह जानकर प्रसन्न्ता हुई कि कारूलाल जमडा जी का काव्य संग्रह "ओ मेरे पिता" के नाम से प्रकाशित हो रहा है। ये काव्य संग्रह मुख्य तौर पर उन्होंने अपने पूज्य पिताजी को समर्पित किया है और प्रारम्भ की पांच कविताओं में बेहद खूबसूरती के साथ अपने पिताजी के चरित्र की खूबियों कावर्णन करते हुए बचपन से लेकर जवानी तक की यादों को ताज़ा करते हुए उनके जीवन के पहलूओं को अपनी काव्य प्रतिभा से छुआ है। ये बेहद ही प्रशंसनीय कार्य है और आज के इस भौतिक दौर में कारूलाल जी द्वारा पूरी पुस्तक अपने पिता को समर्पित करना, आने वाली

पीढ़ी के लिए एक मिसाल है जो वर्षों तक उन्हें प्रेरणा देती रहेगी। उनके इस काव्य संग्रह में अन्य सामाजिक मुद्दों पर भी कविताएं लिखी गई हैं जो अनायास ही पढ़ने वाले के दिल को छू जाती हैं और उसे एक आत्मिक सुकून मिलता है। सभी कविताओं का काव्य शिल्प उम्दा है जिन्हें बेहद खूबसूरती के साथ भावों में पिरोया गया है। मैं कवि को इस काव्य संग्रह के लिए दिली बधाई और ढेरों शुभकामनायें प्रेषित करता हूँ और आशा करता हूँ कि उनका ये काव्य संग्रह जन जन तक पहुँचेगा।

- **नरेश मलिक**

शायर, कवि एवं लेखक,

नई दिल्ली

(3)

जमड़ा जी के व्यक्तित्व पर उनके माता-पिता की गहरी छाप है। उनके भीतर का विचारक कवि सामाजिक संघर्ष के कड़वे-मीठे अनुभवों के साथ अपनी जीवन यात्रा व काव्य-यात्रा के संतुलन को साधकर अग्रसर है। 'वह बजाती ढोल' तथा 'संघर्षों का सफर' काव्य-संग्रहों की कविताओं में उन्होंने अपनी माँ की पीड़ा भरी संघर्ष गाथा को सम्मान प्रदान किया था।

'ओ मेरे पिता' में वे पिता की वादन-कला की महिमा का बखान करते हुए उनके स्वाभिमानी व्यक्तित्व को भी उकेरते हैं। संगीत व स्वाभिमान का संस्कार कवि को अपने माता-पिता से विरासत में प्राप्त है।अपने पिता जैसे वे भी स्वाभिमान की लड़ाई लड़ते हुए बड़े हुए हैं और उनकी यह लड़ाई आज भी जारी है। उन्हें हार्दिक बधाई व शुभकामनाएँ।

- **कुँअर उदयसिंह "अनुज"**

वरिष्ठ कवि, दोहाकार,

धरगांव, महेश्वर (म.प्र.)

(4)

माँ की व्यथा-कथा को काव्य में रुपांतरित कर उसे राष्ट्रीय पहचान दिलाने वाले कवि, लेखक कारुलाल जमड़ा जी को पिता के व्यक्तित्व को उकेरती कृति "ओ मेरे पिता" के प्रकाशन पर आत्मीय बधाई और स्नेहमय शुभकामनाएँ!

- कैलाश गुप्ता, "तांबी"
कवि, कथाकार,
जयपुर, राजस्थान

- तरुण शुक्ला
साहित्यप्रेमी,
गांधीनगर, गुजरात

-सुश्री सुनिता लुल्ला
कवियित्री, साहित्यकार, हैदराबाद

-विनोद काशिव
कवि, लेखक,
रायपुर, छत्तीसगढ़

विश्वनाथ गंधर्व, साहित्यप्रेमी
उदयपुर, राजस्थान

www.ingramcontent.com/pod-product-compliance
Lightning Source LLC
LaVergne TN
LVHW100557051026
849519LV00003B/993
* 9 7 8 9 3 8 8 3 6 5 3 9 0 *